HOTEL DROUOT, SALLE N° 9

Les Mercredi 10 et Jeudi 11 Juin 1885

MOBILIER ARTISTIQUE

TABLEAUX

ANCIENS & MODERNES

AQUARELLES

EXPOSITION PUBLIQUE

Le Mardi 9 Juin 1885

COMMISSAIRE-PRISEUR

Mᵉ **Ernest GIRARD**, 18, rue Notre-Dame-de-Lorette.

EXPERTS :

Pour les tableaux :

M . E . FÉRAL

54, Faubourg-Montmartre, 54.

Pour les objets d'art :

M . Ch. MANNHEIM

7, rue Saint-Georges, 7.

IMPRIMERIE DEL'ART

CATALOGUE

D'UN

MOBILIER ARTISTIQUE

BRONZES D'AMEUBLEMENT DU TEMPS DE LOUIS XVI

ANCIENNES PORCELAINES DE CHINE ET DU JAPON

Meubles de Salon, de Chambre à coucher, de Bureau et de Salle à manger

Pendule Louis XIV en marqueterie

TENTURES, MOBILIER COURANT

SERVICES DE TABLE

TABLEAUX ANCIENS ET MODERNES

AQUARELLES

Des Écoles française, flamande et hollandaise

Dont la vente aura lieu par suite du décès de M. et Mme R...

HOTEL DROUOT, SALLE N° 9

Les Mercredi 10 et Jeudi 11 Juin 1885, à deux heures

Par le ministère de **M° Ernest GIRARD**, commissaire-priseur,
18, rue Notre-Dame-de-Lorette, 18

Assisté, pour les tableaux, de **M. FÉRAL**, expert,
54, Faubourg Montmartre, 54

Et, pour les objets d'art, de **M. Ch. MANNHEIM**, expert,
7, rue Saint-Georges, 7.

EXPOSITION PUBLIQUE
LE MARDI 9 JUIN 1885

DE UNE HEURE A CINQ HEURES.

CONDITIONS DE LA VENTE

Elle sera faite au comptant.

Les acquéreurs payeront en sus des enchères *cinq pour cent*, applicables aux frais.

L'exposition mettant le public à même de se rendre compte de l'état des objets, aucune réclamation ne sera admise une fois l'adjudication prononcée.

Paris. — Imp. de l'Art. E. MÉNARD et J. AUGRY
41, rue de la Victoire, 41

DÉSIGNATION DES OBJETS

TABLEAUX

GOYEN

(Attribué à J. VAN)

I — *Canal de Hollande.*

A droite, sur la rive, les maisons d'un village et un moulin à vent. Ciel nuageux.

Bois. Haut., 43 cent.; larg., 62 cent.

LYS

(JAN VAN DER)

2 — *Nymphes et satyre.*

Une nymphe danse au milieu d'un pré, faisant vis-à-vis à un satyre couronné de roseaux et qui tient une flûte des deux mains. Plusieurs nymphes à demi nues, dont l'une est enveloppée d'une draperie de satin jaune et tient un tambour de basque, sont groupées sur un tertre, à gauche de la composition.

Bois. Haut., 39 cent.; larg., 67 cent.

MOIRON

(?)

3 — *Portrait de Marie-Antoinette.*

La Reine, portant un élégant costume de soie bleue, agrémenté de rubans et de dentelle, est assise devant une console dorée où elle vient de prendre un dessin. On lit l'inscription suivante tracée sur le châssis : « Marie-Antoinette, etc..., peinte par Moiron, peintre de la Cour impériale en 1772. »

Toile. Haut., 37 cent.; larg., 29 cent.

NETSCHER

(Attribué à G.)

4 — *Portrait d'un seigneur.*

Représenté à mi-jambes, portant une robe de chambre violette à ramages, la perruque à rallonges, une cravate de dentelle. Un négrillon lui présente une lettre. Cadre en bois sculpté.

Bois. Haut., 3o cent.; larg., 28 cent.

NETSCHER

(D'après)

5 — *Les Bulles de savon.*

Deux enfants faisant des bulles de savon, un jeune homme coiffé d'un béret, et deux autres personnes, apparaissent à une fenêtre, où pend un beau tapis d'Orient.

Bois. Haut., 4o cent.; larg., 3o cent.

OSTADE

(ISACK VAN)

6 — *Les Patineurs.*

De nombreux villageois sont disséminés sur un canal glacé qui fuit à perte de vue vers l'horizon. A droite, un traîneau attelé d'un cheval blanc, des hommes et des enfants sur un quai, auprès d'un groupe de cabanes en bois. Signé à gauche, sur une barque.

Bois. Haut., 32 cent.; larg., 57 cent.

STEEN

(Attribué à JAN)

7 — *La Partie de cartes.*

Des paysans jouant aux cartes, étendus sur le gazon, devant une auberge.

Bois. Haut., 40 cent.; larg., 50 cent.

STEEN

(Attribué à JAN)

8 — *Intérieur rustique.*

Auprès d'une grande fenêtre vitrée de petits carreaux disposés en losanges, deux buveurs sont attablés et se tournent vers un troisième compagnon qui vient de se lever pour embrasser la servante.

Bois. Haut., 36 cent.; larg., 33 cent..

WATTEAU

(École de)

9 — *Le Concert dans le parc.*

10 — *Les Délassements champêtres.*

Deux agréables compositions dans le goût de Pater.

Toile. Haut., 65 cent.; larg., 80 cent.

WOLFSEN

(ALIDA)

11 — *Portrait d'homme.*

Il est vu à mi-jambes, vêtu d'une robe de chambre de satin orange ; une main sur la poitrine, l'autre sur un livre ouvert au milieu d'une table recouverte d'un beau tapis d'Orient. Signé : *Aleijda Wolfsen fecit.*

Bois. Haut., 36 cent.; larg., 27 cent.

ÉCOLE FRANÇAISE

12 — *L'Amour couronné.*

Deux jeunes filles sont assises dans un salon, devant un paravent, et posent une couronne de roses sur la tête d'un Cupidon de marbre blanc.

Composition dans le goût de Boilly.

Bois. Haut., 51 cent.; larg., 43 cent.

ÉCOLE MODERNE

13 — *La Collation dans le parc.*

Pastiche dans la manière de Pater.

Bois. Haut., 25 cent.; larg., 34 cent.

AQUARELLES

ÉCOLE FRANÇAISE

14 — Deux gouaches finement peintes, représentant Louis XIV et Mlle de La Vallière en curieux costumes de ballet, tout en soie et en velours, richement brodés et enrichis de perles et de pierreries.

Gouaches très intéressantes, d'un coloris brillant avec rehauts d'or et d'une exécution très soignée.

Haut., 35 cent.; larg., 26 cent.

BAPTISTE

(J.)

15 — *La Promenade.*

Sépia.

BOYS

(T.)

16 — *Extérieur d'église.*

Aquarelle.

BOYS

17 — *Vue de ville.*

Aquarelle.

DANDIRAN

18 — *Village au pied des montagnes.*

Aquarelle.

DAVID

(L.)

19 — *La Rencontre dans le parc.*

Aquarelle.

DECAMPS

20 — *Brigand calabrais en embuscade.*

Aquarelle.

GARNERAY

(HIPP.)

21 — *Une Plage.*

Aquarelle.

N. F.

(1831)

22 — *Marine.*

Aquarelle.

ÉCOLE MODERNE

23 — *Vaches s'abreuvant dans un ruis-
seau.*

Aquarelle.

MINIATURES

24 — Miniature ovale sur ivoire : portrait
de femme, les cheveux poudrés, un
fichu autour du cou, et en corsage
de soie bleue avec garniture de
dentelle noire.

Cadre en bronze.

25 — Miniature ovale sur ivoire : portrait de femme en robe bleue avec
fichu de gaze.

Cadre en bronze.

26 — Deux miniatures à l'huile de l'époque Louis XIII : portrait d'homme et portrait de femme dans des cadres en bronze doré.

27 — Deux petites peintures à l'huile : portrait d'homme, revêtu d'une cuirasse, et portrait de femme, enveloppée d'un manteau bleu.

28 — Petite peinture à l'huile : portrait d'homme portant la cuirasse.

29 — Miniature carrée sur ivoire : portrait d'homme, signé *Bellicard*.

3o — Gouache : portrait d'homme, de profil.

BRONZES

31 — Grande pendule en bronze doré à l'or
moulu et marbre blanc, composée de deux
figures d'amours soutenant une guirlande de
fleurs et de fruits placée au-dessous du cadran
et surmontée d'un groupe de deux figures :
Amour couronnant une jeune fille. Mouve-
ment de *Lépine, horloger du Roy*.

32 — Deux candélabres en bronze doré, à neuf
lumières et à deux figures d'enfants chacun.

33 — Deux bras-appliques du temps de Louis XVI,
à trois lumières, en bronze ciselé et doré;
l'applique est surmontée d'un vase.

34 — Quatre bras de même modèle que ceux
qui précèdent et de même style.

35 — Deux coupes oblongues et·à contours en
marbre griotte, garnies de montures en bronze
doré à anses têtes de boucs.

36 — Deux vases ovoïdes en porphyre de Suède
garnis de montures en bronze doré de style
Louis XVI à anses têtes de satyres.

37 — Deux petits bras-appliques à trois lumières,
en bronze ciselé et doré.

33 — Deux coupes oblongues en marbre blanc, garnies de montures en bronze doré au mat à têtes de satyres.

39 — Galerie de cheminée en bronze doré, à figures de sphinx, de style Louis XIV.

40 — Deux girandoles de style Louis XIV, en bronze doré, ornées de figures de sphinx et à sept branches porte-lumières.

41 — Petite pendule de style Louis XVI, en marbre blanc et bronze doré au mat, ornée de cornes d'abondance et surmontée d'un vase.

42 — Deux chenets de style Louis XVI, en bronze doré, modèle à vases et galeries.

43 — Deux lampes en bronze doré, sur bases ornées de guirlandes de chêne.

44 — Deux flambeaux du temps de Louis XIV, en bronze doré.

45 — Deux girandoles de style Louis XVI, à quatre lumières en bronze doré.

46 — Deux grands flambeaux de style rocaille, en bronze doré.

47 — Cartel de style Louis XVI, en bronze, orné de festons de laurier.

48 — Suspension de salle à manger à douze branches porte-lumières et avec lampe.

49 — Statuette d'enfant bacchant, en marbre blanc, représentant l'Automne et portant la signature *A. Milan*.

PORCELAINES DE CHINE ET DU JAPON

50 — Deux grands cornets en ancienne porcelaine du Japon à riche décor de rosaces et médaillons de fleurs et de paysages en bleu, vert, rouge et or. Ils sont garnis de montures en bronze doré.

51 — Deux cornets de même porcelaine mais plus petits, à médaillons d'oiseaux et feuillages bleus retenus par des glands en rouge et or. Ils sont garnis de montures rocaille en bronze doré.

52 — Deux grands et beaux vases modèle rouleau en ancienne porcelaine de Chine, décorés en émaux de la famille verte, à corbeilles de fleurs et de fruits dans des compartiments encadrés de fleurs et d'arabesques. Ils sont montés en lampes et garnis de montures rocaille en bronze doré.

53 — Deux vases en forme de gourde en céla-
don vert d'eau, décorés de dragons dans des
nuages et de chimères en bleu et blanc. Ils sont
montés en guise d'aiguières en bronze doré.

54 — Deux petits vases de forme sphérique, en
ancienne porcelaine de Chine à décor de
fleurs gaufrées en relief émaillées rouge et
bleu, et garnis de montures Louis XVI à
deux anses en bronze ciselé et doré.

55 — Jardinière ovale en ancienne porcelaine de
Chine, décorée en émaux de la famille rose
à fleurs et ornements. Elle est garnie d'une
monture rocaille à deux anses en bronze doré.

56 — Deux potiches à couvercle en ancienne
porcelaine du Japon à décor de fleurs et d'ornements en bleu, rouge et or.

57 — Grand et beau cornet en vieux Japon à
décor de fleurs et d'ornements en bleu, rouge,
vert et or. Quelques fleurs sont en relief.

58 — Deux plats en vieux Japon à décor de fleurs
et médaillons de paysages en bleu, rouge et or.

59 — Garniture de cinq pièces : vases et cornets
en vieux Chine, décorés de fleurs et d'ornements en émaux de la famille rose. Deux des
vases sont montés en bronze doré.

60 — Deux buires en vieux Chine à décor bleu.

61 — Divers petits vases et flacons en vieux Chine à décors variés.

62 — Grosse potiche à couvercle en porcelaine de Chine à décor bleu.

PORCELAINES DE SAXE ET AUTRES

63 — Deux statuettes de danseurs en ancienne porcelaine de Saxe, décor polychrome.

64 — Deux statuettes en ancienne porcelaine d'Allemagne : Bergère et Joueuse de musette.

65 — Divers groupes et statuettes en porcelaine de Berlin, de Saxe et autres.

66 — Joli cabaret en vieux Saxe, à ornements gaufrés et médaillons de fleurs et de paysages. Il se compose de onze tasses, douze soucoupes et quatre grandes pièces.

67 — Figurine de poussah en ancienne porcelaine de Chantilly, à décor polychrome.

68 — Pot à crème en ancienne porcelaine de Tournay, à décor de fleurs en bleu et or.

MEUBLES

69 — Deux petits meubles en marqueterie de bois, à corbeilles de fleurs, et garnis de bronzes dorés; dessus de marbre blanc.

70 — Console de style Louis XVI, à pieds cannelés, reliés par un entrejambes, à vase et à dessus de marbre blanc; fond blanc et dorure.

71 — Piano droit, de Roller et Blanchet, à sept octaves, en bois noir garni de bronzes dorés.

72 — Beau meuble de chambre à coucher, en bois satiné, orné de colonnes engagées et garni de moulures et d'entrées de serrure en bronze doré. Il se compose d'un lit avec sommier, d'une armoire à glace, d'un chiffonnier et d'un secrétaire.

73 — Meuble de salon en bois sculpté, doré en partie et couvert de damas de soie ponceau. Il se compose d'un canapé, de quatre fauteuils et de six chaises.

74 — Deux tables à jouer, de style Louis XVI, en bois de placage, garnies de bronzes dorés.

75 — Meuble à deux corps, en bois noir incrusté d'ornements en ivoire et surmonté d'un fronton découpé, avec figurine en bois sculpté.

76 — Bureau ministre, en bois noir sculpté et garni d'ornements en bronze ciselé et doré.

77 — Petite pendule du temps de Louis XIV, en marqueterie d'écaille et cuivre, garnie de bronzes dorés. Elle est accompagnée d'un socle de suspension.

78 — Encoignure du temps de Louis XV, en marqueterie de bois à fleurs et ornements et à dessus de marbre.

MOBILIER

79 — Meubles de salle à manger, de chambres à coucher, etc.

80 — Services de table en porcelaine, verrerie, etc.

81 — Batterie de cuisine.

82 — Mobilier courant pour chambres de domestiques, etc.